註東坡先生詩

卷十九

留唐宋名刻更鐫活字銅版翻刻
百餘年間零軼殆盡先高祖潔園
得銅版徐堅初學記及顏魯公集僅兩種餘書慨不
應省試以麟經受知　覃溪夫子明春北上拜
夫子因出吳興施宿所注蘇詩舊槧本示　吉曰
首覽楮墨精好真南宋佳本慨然念小子何
遊大賢之門見先人手澤豈非一時奇
寶　集及先高祖罨畫樓集奉　夫子
當敬摹桂坡公像于茲冊尾
吉翰墨緣耶乾隆庚子春二

乾隆戊戌十月

海塩張燕

芑堂

鮮使臣宏文
許澹宕桂同觀

東坡先生詩卷第十九

吳興施氏

吳郡顧氏

首　時在齊安

自　并引東坡在黃岡山

下州治東百餘步

誌云白樂天為忠

東坡種花二詩又

云朝上東坡步

不坡何所愛愛

忠公不輕許

詩篇蓋

字

且手澤云
太學生清苦
既不喜博士亦偶至其齋中書
雨歎辭上初無意即日辭歸不復出
白首窮餓守節如詩中馬生即其人也
二年日以困匱故人馬正卿哀
食為於郡中請故營地數十畝使得
耕其中地既久荒為茨棘瓦礫之場而
又大旱墾闢之勞筋力殆盡釋耒而歎

作是詩自愍其勤庶幾來歲之入以忘

爲

無人顧頹垣滿蓬蒿誰能捐筋力歲

獨有孤旅人天窮無所逝周禮保息

振窮鄭氏者也端來拾瓦礫歲

嶇草棘中漢陸賈傳崎嶇

未嘆論語夫子喟然歎漢

七詩亦有高萬億及秭

甫嘉興錢武昌先生與
昌山水絕佳有風濤所隔不能
果已許乞好竹不
之仍須卜佳處規以安我
我室東規以為苑家童燒枯草走報暗
一飽未敢期陶淵明飲酒詩傾身營一飽少許便有餘瓢
已可必論語賢哉回也一簞食一瓢飲
昔有徵泉來從遠嶺背穿城過聚落後漢

劉平傳王扶少修節行聚落化其德云小於鄉曰聚廣雅云落居也流惡

達艾左傳有汾澮以流其惡杜子美大雨詩流惡邑里清去為柯

畝魚蝦會歲旱泉亦竭枯萍枯被

周公塊昨夜南山雲雨到一犂外

一犂農人愁泫然尋故瀆晉佛圖澄

薈陶淵明詩晨侵理荒穢毛詩薈

子美詩飯煮坊瓜芹一

可膾東坡云蜀

熟雨已而語稻鈹出矣

白明看露上一

別賦秋露如珠秋子美詩一一當剖析

倒相撐拄但聞畦隴閒蚱

坡云蜀中稻熟時蚱蜢羣飛田間如小蝗狀而不害稻新

甑玉粒照筐筥杜子美稻畦水歸詩玉粒定晨炊毛

予以盛之筐及筥我久食官倉朝野僉載談云官倉唱雀猶是

紅腐等涅土漢賈捐之傳孝武元狩六年太倉之粟紅腐而不可

行當知此味口腹吾已許白樂天游平泉詩採摘助
遂芳滋腹
地力荀子良農不為水旱輟耕周禮以均地力幸此十
成一麦庶可望投種未逾
農父告我言勿使苗葉昌
羊再拜謝苦言杜子
記商君傳語有言藥也甘言
心

鑿齒襄陽耆舊傳李衡
橘千株臨終不責汝衣食歲
學我有同舍郎漢直
官居在瀟岳東坡云李公擇也遺
彭城王義康傳東府生甘甚大大供御者三寸杜子美即
雙白魚不受黃甘猶自青照坐光卓犖文選蜀都賦卓
百栽儻可致當及春冰渥想見竹籬
青黃垂屋角楚辭橘頌青黃雜糅文章爛兮杜子美雨過蘇端詩

稠屋 化

久不調 潘名大臨字邠老滎陽人 漢張釋之傳十年不得調 沽

村郭生本将種 郭生名遵汾陽人 漢齊悼惠王傳朱

日将種也 行酒 賣藥西市垣古生亦

孫古生名耕道新平人麗 情集薛調無雙傳劉振

山客未果而振授朱 仙客怨慕不巳聞

以情告之古 二十年 家

木三 会 無時容

死可憐杜拾

梅熟許同朱

擬對阮生論

弟昆論語子夏曰商聞之矣四海之

從我二十年日夜望我貴求

錢雲溪友議有載山人以青書抵于頔乞買山錢百萬與之我

友累生後漢傳四十三序曰閔仲叔豈以口腹累安邑借耕輟

田刮毛龜背上何時得成氈傳大士金剛經頌如

毛不實似角無形可憐馬生癡至今夸我賢衆

不悔施一當獲千

題織錦圖上回文三首

[illegible]草杜子美蜀相詩映堦碧草自春色夜涼

[illegible]遠鴈邊城暮雨暯踈簾

傳竇滔妻蘇惠[illegible]文旋圖詩以

[illegible]馬子長報[illegible]安書曰一

石別恨深頭白 相如晚居茂陵將 石作白頭吟自絶相

皿絃 間

斷絃琴 後漢列女蔡琰傳 注引劉昭幼童傳

姪安節遠来夜坐三首

刀不覺歲峥嶸 鮑明遠舞鶴賦歲峥嶸 而催莫杜子美贈鄭諫

詩旅食 峥嶸

坐撥寒灰聽雨聲 白樂天送兄 弟迴詩對雪

寒灰又招張司業詩能遮眼文書元不
宿否聽雨對床眠
燈錄有僧問藥山惟儼禪師和尚不
看經因何却自看師曰我只圖遮
燈火亦多情韓退之符讀書城南詩燈火稍可親蹉
日文選嵇叔夜絕交書足下舊知吾潦倒麤踈不切事
公詩昨夜邀舊能潦倒令汝蹉跎
池詩良游常蹉跎記詩聞君已朱跋
頭還對短燈
頁還自忩長不然[illegible]角

治家慮親
識聞其言
仝茶詩蓬萊山在何處殘
示姪孫湘詩来應有意畏人
魏文帝雜客子常畏人聞舊鷺呼半
詩聞舊半鷺呼熱中腸夢斷酒醒山雨絶
鼠上燈檠
汝為中酒味唐李廓落第詩氣味如中酒情懷似別人吟
我作忍飢聲唐文粹陸龜蒙杞菊賦序忍飢誦經豈不知屠沽兒

酒耶便思絕粒眞無策後漢范丹傳有時絕粒漢匈奴傳嚴

周得中策漢策秦無策焉苦說歸田似不情韓愈之示

路即歸田漢地理志與行繆虛詐不情腰下牛閑方

遂傳令氏賣劍買牛賣何為帶牛佩犢洲中奴

書舊傳李衡洲上種橘千千頭木奴可以不貧

之雪後寄崔二十弨挂壁無由彎

手能網紡織藥古曰韛謂韛

拜跽膝十

惟兄三顧後

顧計極

近者隨濤江

濤江歐陽水叔子美子美隋濤江

遠者天

後何幸見此萬里姪憶汝揔角

甫田揔角丱兮釋文云總本文作謝安傳及揔角神識沈敏風宇條

笑為梨栗

陶淵明責子詩通子垂九齡但覓梨與栗

令来

慷慨

漢袁盎傳仁心為質引義慷慨後漢馬援傳慷慨多大志楚辭宋玉

辯好夫之慷慨志氣堅鐵石魏武故事長史王必忠能勤事心如

石見魏志武帝紀唐契苾何力傳鐵心□皮日休桃花賦序宋廣平疑其鐵腸

□孫行復爾世事何時畢杜子美從孫濟詩權

□復尋諸孫又北征詩憂虞何詩子孫日已長世事還復然

班固敘傳超然□淵然深識老淚不成

□何甚老淚交流日□東野送淡公詩排

□季常

啅閒杜子美詩
治初嘗竹葉酒
烏程豫北竹葉注
清宜城九醞酒也
文酒清話王勉秀才上
及吉水縣大夫雪詩上天
烏
白梅
行當更向釵頭見病起烏
竹堆
樂全先生生日以鐵拄杖為壽二首

生真是地行仙楞嚴經有十種仙堅固服餌而不休息食道圓

□地行仙皆於人中鍊心不□覺別得生理壽千萬歲住世因循

□法華經正法住世二十小□像法亦住二十小劫每向銅

□漢蒯子訓傳長安霸城東與□公共摩挲銅人相謂曰適

□百歲矣故教鐵杖闘清堅

蛟龍護晝眠韓退之赤

□息人天會方丈

傳燈錄慧忠師府荅見

因果也無
令請和尚
便問師曰不
對曰今已免野
僧例焚燒師令
果見一死野狐積

隨身白樂天思家詩抱膝燈前影伴身踏遍

春白樂天詠懷詩兩地江山踏得遍擿石舊痕

眼閑門高節欲生鱗畏途自衛真無

莊子達生篇畏塗十殺一人則父子兄弟相戒也必也盛卒徒而後敢出焉孟

仁者敵捷徑爭先却累人楚辭屈原離騷何桀紂之昌披

惟捷徑以窘步文選鮑明遠城爭先萬里途各事百年身遠寄

庶重筆端猶自幹千鈞列子髮引千鈞揚子

人信至齊安

工朝來聞好語李賀

皿子知人門户輕圓

福州舊貢紅州沈邀以

大千里間熱

出一語東方獅子食虎吩

名曰之謂也相期結書

納醵錢再至黃未怕供詩帳東坡

私罪有司移杭取境内州供穀百首謂之詩帳還將

一夜到江漲江漲杭州橋名

送牛尾貍與徐使君時大雪中

卷飛花自入帷韓退之春雪詩故穿庭樹作飛花一樽

想破愁眉後漢梁冀傳妻孫壽作愁眉啼粧涅深猒聽

鶻東坡云蜀人謂涅滑滑為雞頭鶻酒淺欣嘗牛尾

子魚猶帶骨王厓輔鏖史閩中鮮食最珍者子魚也割

腹莆田迎仙鎮乃其出處予按有一祠謂之通應廟下有水

潮汐訪諸土人為鹹淡水良故謂之通應子魚比

道印以目其魚之大知福唐詩云長魚

[illegible]黃雀漫多脂

[illegible]煩纖手漢司

驚簾幙漸看

遠淨未放小桃紅入惠連詩山桃發紅蕚杜紅入桃花嫩青歸柳葉新

雪膚肌莊子逍遥游藐姑射之山有神人焉肌膚若氷

春愁知為誰白樂天長安春詩滿眼春愁銷不得深

人剪刀響應将白紵作春衣唐文粹張籍白歌皎皎白紵白且鮮将作春衣稱少裁縫長短不能定自持刀尺向姑前

柳陰陰日初永 羅隱鷺鷥詩斜陽淡淡柳陰陰 蔗漿酪

盌冷 宋玉招魂濡鼈炮羔有柘漿些注柘藷蔗也取藷蔗之汁以為

杜子美入奏[illegible]尉金盌凍 簾額低垂紫燕忙蜜

蜂靜 歐陽文忠公山齋絕句蜜脾未滿蜂採花 高樓

子美詩勞生眉跡 枕破斜紅未

麗情集真珠傳牛相娉曰真珠盧

[illegible]知有斷腸人

凝碧美人
跡戰國策孟
燦燦風燈動
朱火曄其
熺洞房
夜香燒
笙濛月滿庭
杜子美詩香
霧雲鬟濕清
賀秦宮
笙香霧濃
抱琴轉軸無人見門
裂帛聲
白樂天琵琶行轉軸撥絃
三兩聲又四絃一聲如裂
葉蕭蕭鳴屋角
文選江文通別賦風蕭
蕭而異響杜子美詩紅

屋花

黃昏陡覺羅衣薄夜風搖動鎮帷屏之杜秋娘詩虎睛祿金盤犀鎮帷

酒醒夢回聞雪落于畫雙鴉南部煙花記虞世基嘲司花女袁寶兒詩學畫

杜牧之閨情詩新鬢學鴉飛

醉臉輕勻襯

畫得玉奴纖手嗅梅花

再之皆不飲

滿去而且意甚悽惻享
黃過常有載二十三卷
之狂言孟德疑公獨
時復一中之風流自有
寧隨薄俗移晉孟嘉傳桓溫問嘉酒有何好
之曰公未得酒中趣爾庾亮正旦府人士褚裒問亮聞江州有孟嘉
何在亮曰在坐卿自覓裒歷觀指嘉此君小異將無是乎亮欣然喜裒得嘉
寄嘉為裒所得陶淵明孟嘉傳高陽許詢嘗乘船近行適逢嘉過歎曰都邑美士

百盡識之獨不識此人惟聞中州有孟嘉
將非是乎三國志魏徐邈傳私飲沈醉
趙達問曹事邈曰中聖人太祖聞之
鮮于輔進曰醉客以酒清者為聖人
賢人邈性脩慎偶醉言耳竟坐免
問頗復中聖人否邈曰時復中之
擢邈曰或問欽徐公當武帝時
在涼州人以為介何也欽曰
珪用事貴清素之士于時
名高而徐公不改其常
下奢靡轉相倣効而
前日之通乃今
而徐二子有靈
記孟原傳舉
獨而我獨

先行晉謝靈運

下山則去後敘齒痕有驗應

平寰宇記長春宮在同州朝邑縣融梁

五年宇文護所築初名名長春宮高祖起義兵自

舍於此宮上休甲養士後敕帶長春宮使尉遲遟中朝故事

園林繁茂花木無月芳蕤長如三春節雲月長臨不夜

地理志不夜縣注師古曰齊地記云古有日夜出見於東萊故萊子立此城

不夜為名寰宇記不夜城在登州文登春秋時萊子所置邑以日出於東故以

夜名

未許牛羊傷至潔且看牙鵲弄新晴美詩久雨巫新晴錦繡文更須携被留僧榻待聽

竹聲杜荀鶴雪詩江湖不見飛禽影嵓谷時聞折竹聲

入送先人下第歸蜀詩云人稀

枕路入靈關穩跨驢安

句因以為韻作小

補正平鵝故且為之

美垂老別

知是死別

方

雪晴光眩野記

正把

漢項籍傳賈生過秦論耡耰棘矜韓

詩手

空谷

破裘霜氣澁孤劍歸來閉户坐默

不時店

韓退之喜侯喜至詩依依夢歸路歷歷想行店雀豹古今注肆

以陳貨鬻之物店

以置貨鬻之物

吕兄無可寄一語會須酬晚歲俱黃髮相

□事休（柳子厚答夢得詩耦耕若便遺身世黃髮相看萬事休）

念我為說瘦欒欒（毛詩棘人欒欒）尚有身

（吾所以有大 吾有身）已無心可安（傳燈錄二

心未安請師安心達磨曰 且良久曰覓心了不可）

杯歸誦此萬

（郵有書生 下坡授之）

詩寒食江花高下飛
新墓禮記朋友之墓

孔子泫然流涕南史任傳昉卒其子流離不振道
為窮途泣晉阮籍傳率意獨駕車迹所窮輒慟
阡時一到莫遣牛羊入
隨汝去東阡松柏青却入西州門晉謝
傳還都入西州門自本志不遂深自慨失永愧北山靈文選孔德

鍾北山移文周彥倫先隱北山後出為海
鹽令復欲還山乃假山靈之意移文使不

足羨
孟子齊人之東郭墦間之祭
者乞其餘不足又顧而之他
是之道也其妻歸與
人相泣於中庭

負米可忘
百者由也事二親之時常
親負米百里之外今列

為無車馬含羞入
成都人蜀有
往云大丈夫
使入蜀九
函谷關慨

盃 敢 汝幸無

侍五女出嫁練 筍木叚以遣之 隨

詩何用畢婚嫁後漢向 男女娶嫁既畢敕斷家事

君相思征鞍還一跨

来日一庵仍獨居 漢匈奴傳 孤憤獨居 應笑

王拙 尚書子 亦拙謀 團團如磨驢

次韻和王輩六首

陽朔屬桂州北夢瑣言摭遺

石談陽朔山曾至嶺外見陽朔荔浦山水

之談不容口嘗謂王讚曰侍郎曾見陽

水乎讚笑曰某未嘗打人唇綻齒折

_之蓋去也

不作一錢直漢灌夫傳平生毀程不識不直

_貝虺賈誼新書孫叔敖為嬰兒出游見兩頭虵而埋之列

之永貞行江氛兩頭見未曾瘴落千仞

_鳶事柳子厚述舊宿鳥為殘豈知

[illegible]放驢宗山頗訝虞

暫來已可

德周易天地大德

首孫楚傳枕流欲洗其耳

手如咫尺左傳僖公九年

違顏咫尺杜預曰八寸山屏風詩高咫尺如千里

年凍筍蒼崖坼此行我累君後漢

三序閱仲叔腹累安邑乃反得安宅毛詩之子于垣

皆作雖則勞其究安宅遙知丹穴近為斷句漏石

葛洪傳聞交阯出砂求為句漏令他年分刀圭韓退之寄周循

詩金丹別後知傳乞取刀圭救病身名字挂仙籍東坡去羣許惠

刀劒漢韓信傳淮陰少年侮信曰好帶刀劒怯耳但識

退之會李正封聯句從云樂談笑清油幕老大服

離傷老轉拙觧佩付鎔鑠韓退

餓空谷漢龔遂傳貴曰何為帶牛佩

十一年來獻捷會賜

弟力貴敲冰

飽天所酢

[illegible]綺襦紈袴
[illegible]劉禹錫送李

[illegible]非其脚劉夢得詩
云柳家新

[illegible]拔言杜牧之與官妓賭
[illegible]流酒微吟曰骰子巡巡褁

東薪誰為縛毛詩揚之水
不流東薪勿

語翠黛顰將惡趙飛燕外傳為薄
眉號山黛文選神

顰薄愁以自持
[illegible]不可乎犯干
笑我一間茅韓退之
詩一間

屋叅
王
婦呼紛六鑿莊子外物篇心有天
游室無空虛則婦姑

磎心無天游
六鑿相攘
千年實先攉二月花故教窮到骨杜子
六郎詩已許徵求貧思戎馬淚盈巾要使壽無涯韓退
公太清官詩吾壽浩無涯久已逃天網老子
日華內景經吞日月華法呪曰日寬云云
入口中真誥東華男服日象女服
撤賓州在何
遺云栖霞東江淮絶

方君莫厭

類至于離殊方數面

詩引俗諺云其情過此者乎默

此身廣燈錄古德云若能回光反照直下

他年赤墀下漢梅福傳登文石之陛涉赤墀之塗

儀傳供奉赤墀下白樂天詩何事赤墀上五年為侍臣玉立看

文選桓元子薦譙元彥表抗節玉立歐陽文忠公畫錦堂記垂紳搢笏

生我亦輕餘子後漢禰衡傳常稱曰大兒孔文舉小兒楊德祖

子禄碌足數晚歲人誰念此翁杜子美題鄭十八著作詩
此翁懷直道也沾新國用輕刑東坡
昔吾為鳳翔幕過長安見劉原父
飲數日酒酣謂吾曰昔陳李㢸告
日閭遠近之論謂明府驕而矜元
門雍穆有德有行吾敬陳元方
綮有禮有法吾敬華子魚清
吾敬趙元達博聞強記
舉雄姿傑出有王覇
如此何驕之有餘
太息此亦原父
云平生我亦
原父語也
簀顏之厚
傳在交趾

手杜預曰水中軍中

元亮陶潛有責子詩

通後漢馮衍傳要北地任氏女悍

女有通若問我貧天所賦不

囊空白樂天琵琶行引是夕始覺有遷謫意杜子美詩囊

澀留看

家玉臂貫銅青杜子美月夜詩香霧雲鬟濕清輝玉臂寒下

何時見目成楚辭屈原九歌滿堂兮美人忽獨與余兮目成勤

鈆黃記宮樣韋應物宮人入道詩高髻雲鬟宮樣粧莫教
言作蠻聲世說郝隆作詩六娵隅濯清池桓溫問娵隅何物荅曰蠻
温曰蠻語薰衣漸歎衙香少擁髻遙憐
趙飛燕外傳自序云樊通德燕故事掩袖顧燭影以手擁
歸攜過我南江風浪
人以雪水

絶句云
蒐美人旣此韓退之會
餙花唾碧衫趙飛燕外
倢伃袖倢伃曰姊唾石上花假令尚方為之未
華也廣袖歌咽水雲凝靜院列子湯問
學謳於遏行雲夢驚松雪落空巖文選顏延年贈
常詩山望松雪
花落盡酒傾缸日上山融雪漲江紅焙

甌新火活因話録李兵部約曰茶須緩火炙活火煎謂炭焰也龍

碾鬬晴窻歐陽文忠公歸田録茶之品莫貴於龍鳳謂之團茶

花并引

以書遺余言吾州有異

生名郡人因以三

又能自寫真

乃為作此

漫烝砂撈嚴

砂石砂歸來且

嘉禪師衫謌六
便欲辭去祖留一

三朶花兩手欲遮餅裏

王撲惟丘有七女弟二女字
游家間言雀在餅中復盖其口
飛今餅已去是破雀飛而去又七
曰雀來入瓶中羅縠掩瓶口縠穿

去識神隨業走
大士善慧録亦去

四條深怕井中虵賓頭

為優陁延王說法經云昔有人行曠野
象所逐見一丘井即入井中藏井有四

蛇欲螫其身大王當此人苦惱不可勝數畫圖要識先生面

美詩畫圖春風面試問房陵好事家九域志房州房

揚雄傳好事有從游學

頭陳四雪中賞梅陳四即李常

美正月三日歸蟻浮仍臘味寒梅雪

先春杜子美酬裴迪早梅

又恨白頭又家惱殺人淥

宋玉招竟苦獨秀

惟草木之
之遲暮

二生出郊尋

日同至女王城作

韻

入東門走馬還尋去歲村人似

有信禮記季秋之月鴻鴈來賓事如春夢了無

白樂天詩來如春夢不多時江城白酒三盃釅李太白詩

盃通大道斗合自然野老蒼顏一笑溫杜子美柳少府詩柳

披衣笑見顏色溫已約年年為此會故人不用

鼂楚辭宋玉哀郢原作招鼂章

是日偶至野人汪氏之居有神降

室自稱天人李全字德通善

可妙而字不可識云天

亇會者復作一篇

知竹裏是

於江濱被色焦悴形

子方篇溫子見仲尼而

獨掃空齋卧猶恐

文志序昔仲而微言絕

荒萊不食誰為惻周易井渫不食為我心惻餅

兩綆蛙蚓飛百尺漢王莽傳昌興亭中有新井入地百

津陽門詩注石甕巖下有天然石其形甕以貯飛泉寺僧於上疊飛樓中轆轤

……引綆長百尺腥風被涯滓韓退之叉魚詩腥風遠更飃空

……點滴杜牧之大雨行晚後點滴滴來蒼莛上除青青芹

……鑿石毛詩揚之水白石鑿鑿沾濡愧童僕杯

……白樂天酬劉五詩朝傾暖寒酒義縱傳為定襄太守郡中不

……月天落寒碧云何失舊

……韓退之瀧吏詩……州厎㽇所井

……井無表無井井

無端上玉
花詩唯應日日殷勤開
紅梅詩云認桃葉辨杏有青枝
己早梅詩前村深雪裏昨夜一枝開何
時秦韜玉牡丹詩獨把一春皆占斷固留三月始教開
物含深意故與施朱發妙姿文選宋玉
賦著粉太白施朱太赤唐文粹歐寓興詩桃李有奇質樗櫟無妙姿細
裛殘千顆淚輕寒瘦損一分肌不應便

夭桃杏㲉一本作半點微酸已著枝

自恨採春遲周易幽人貞吉文選顏延年贈王太常詩側同

郊雍常畫閒杜牧之自恨尋春去較遲不見檀心赤

胎舡是寶東坡云朱砂紅銀謂之不奪胎色

文選宋玉神女賦頹薄以自持兮曾不可乎

藥衵含子落盞

隶竹間璀璨

布衣徐熙用筆神氣

吉磨曰師安心達

子不須從若士神仙

燕盧敖至蒙谷之山而食蛤蜊謂敖曰吾方與

之外不可身入雲中蓋公當自過曹參

傳為齊丞相聞蓋公黃老言避正堂舍焉羨君羨玉經

淮南子鍾山之玉灼以爐炭三日夜色澤不變得天地之精也白樂天放

詩試玉要三日滿笑我枯桑困八蠶文選左太冲吳都賦

曰覓心了二祖乃悟心

貢八蠶之綿劉欣期交州記一歲八蠶日南唐陳致雍晉安海物異名記八蠶
有八蠶一綿猶喜大江同一味故應千里共
嚴經譬如衆水皆同一味隨器異有差別水無念熏亦可分別
逆流水大江東流日
詩桂水日千里江水向東流
草蟲趯趯趯躍也君
逍遙游蜩笑之曰

莫測江邊

詩

識

名慥父希亮字公弼

自京兆遷于眉公弼知

鳳翔東坡始筮仕為簽書判

官相從二年公弼後家洛陽

季常少時慕朱家郭解為人

稍壯折節讀書晚乃遯於光

黃間曰岐亭不與世相聞棄

車馬徒步往來山中環堵蕭

然而妻子奴婢皆有自得之

意東坡在岐下識之至黃季

常數從之游既為公弻作傳又為季常作方山子傳

常畏人文選魏文帝雜詩客子常畏人退居還喜客

館我禮記夫子曰生於我乎館死於我乎殯未覺雞

子路遇丈人止子雞為黍而食之東坡有奇事

得已種十畝麥但得君

白眼見禮俗之士爲乃見青眼

為君酤酒飯馬青芻

野送任齋客月中

言君畏事欲

方寒龜被殼如入獄我知

谷尚書分命羲仲宅嵎夷曰暘谷寅賓出日

此向用內景經吞日華事經向呪曰竈十六字自有五色流

光幸分我史記甘茂傳貧人女與富人女會績貧女曰我

買燭而子之燭光幸有餘子可餘光無損子明而得一斯便焉不死

可獨韓退之太學李博士墓志我得祕藥不可獨不死

寒食雨二首

來黃州已過三寒食荆楚歲時記冬至後一百五日

甚雨食

年年欲惜春春去不容惜今

月秋蕭瑟楚辭宋玉九辯悲哉秋之為氣也蕭

千燕脂雪暗中偷負去

郎藏舟於壑藏山矣然而夜半有

已白

如漁舟濛

在萬里也

死灰吹不起

然乎晉律曆志
於灰管故陰陽和

飛灰飛之
天地之中聲也

君分新火

中一危坐漢東方朔傳揖薦
去几危坐而聽三見

改新火論語鑽燧改火周禮司爟掌
行火之政令四時變國火章

徵咸鎬故事清明日尚食內園官小兒
於殿前鬭鑽新火先進者賜絹三疋椀一

尋以新火宰邑以下溝中枯木應笑人鑽斫不然
我靈全詩不堪鑽斫為天下卜漢韓安國傳死灰獨不復然乎莊子天
年之木破為犧樽青黃而文之其中比犧樽於溝中之斷則美惡有
州使君憐久病分我五更紅
工魚後漢范丹傳為萊蕪令清貧人歌曰
又穎於事詩李白甑杜甫云飯
草午試苦起携
事煎烹

無盡維

魔宮摩

盡燈

楊氏名繪事見第九
贈元素桂花詩注東坡

在杭三年將去而元素来守
抗席上作醉落魄詞曰分攜

加昨人生到處萍飄泊偶然
相聚還離索多病多愁須信

從来錯樽前一笑休辭却天
涯同是傷淪落故山猶負平

生約西望峨眉
長羨歸飛鶴

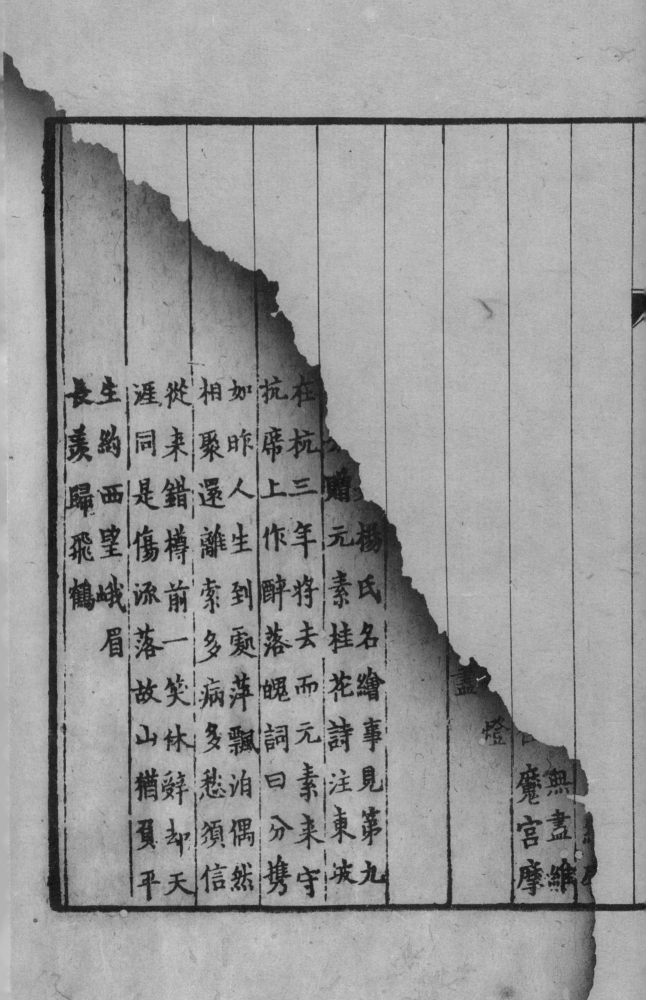

舊有贈元素詞云天涯同是傷流落元
為今日之先兆且悲當時六客之存
蓋張子野劉孝叔陳令舉李公擇
也
劉禹錫荅白樂天楊柳
詩春盡絮飛留不得
紅流落天涯先
淪落人相
賦讖言其
後漢劉
子討傳

[illegible]
覺則蘧
與胡蝶之
十玄談了
時無可了玄
慶莫把存亡悲六
宮等量經阿鼻地獄與
非非想天劫數苦樂

蜜酒歌 并引

楊世昌武都山道士事見二
十卷次韻孔毅父久旱已而
甚雨詩
題註

蜀道人楊世昌善作蜜酒絕醇釅余既

其方作此歌以遺之

漿玉為醴 眞誥右英夫人答許長史書云玉醴金漿交梨

月田夫汗流泚 孟子其顙有泚泚泚趙氏云泚

生香蜂為耕耘花作

眩轉清光活三

須撥 杜子美詩指點

百錢一斗

吳郎詩

水貧到骨

李太保乞杉生事舉家

秫益憂煎輒少米實濟艱勤世

天詩卯酒一盃眠一覺世間何事不悠悠蜜

河侯莊子外物篇莊周家貧貸粟於監河侯

又一首荅二猶子與王郎見和

青苔炙青蒲爛蒸鵞鴨乃瓠壺盧氏雜說鄭餘召親朋食敕家人曰爛蒸去毛勿拗折客謂必鵞鴨也良久每人前粟飯一甌

糸壺盧一枚公食美
諸人強進而罷
煮豆作乳脂為酥高

燭斟蜜酒貧家百物初何有古來百

人山海經倕始為百巧古老有百
無一有百巧百窮之語至今俗

合亂天真文選陸士龍荅張
士然詩歡舊難假

立詩假合作容貌
辭態任天真詩書

育紳左傳隱公
四年石碏

禪書因雜
七命搢紳

文是脫
非也

後漢馬援傳過

羯末已可　王凝之妻謝道韞初適凝之王郎逸少子不惡汝父則阿大中郎群從兄羯末不意天壤之中乃有王歆胡謂謝朗羯謂謝玄末謂謝字也麗情集無雙傳劉[illegible]戲呼王仙客為王郎子

謝陳季常惠一揞巾

揞烏感切

黃州有公所書此詩石刻先主為陳季常作方山子傳云

方山子少時使酒好劔前十
有九年余在岐下見方山子
從兩騎挾二矢游西山鵲起
于前使騎逐而射之不獲方
山子怒馬獨出一發得之因
與余馬上論用兵及古今成
敗自謂一世豪士今幾時耳
精悍之色猶見於眉間此豈
中之人哉先生
識之也
事小團團半外
明酒熟豚頭
復著之
夏茂陵
字但以
爲

大豕雙用此事

可憐休教白苧

為袍巾拂塵臂弓腰

山取可汗唐李靖傳突厥寇太原靖

趨惡陽嶺頡利可汗大驚亡相禽以獻於是斥地自陰山北

矣唐突厥傳阿史那氏蓋古匈奴居金山之陽更號可汗猶單于也

贈黃山人

面頰照人元自赤眉毛覆眼見來烏杜子美寒

視園樹詩鑠石藤梢元自落倚天松骨
来枯舊唐書毛若虛傳眉毛覆於眼
不擬談玄牝（漢司馬相如傳長卿故倦游老子玄牝之門是）
病何妨出白鬚（維摩經長者維摩詰以無量方便饒）
（方便現說法）絕學已生真定慧（老子）
（攝心為戒因戒三無漏學）說禪長
（脫節更喜黃老祀注表宏漢）
（佛道生也）東坡
（日樂天天舉詩）

近世啓陽
高祖閒茗作奴陶叟
醉時歌甲紛猒粱肉假
壓而散
嗟我五畝園桑麥
寸地閑更乞荼子藝飢寒未
作太飽計庶將通有無漢食貨志金刀龜貝
分財布利有無者也農末不相戾漢食貨志賈誼曰今背本
趨末食者甚衆是天下之大殘顏師古曰本農業也末工商也春來凍

裂杜子美簡成華諸子詩東門瓜地新凍裂紫筍森已銳李肇

史補湖州有顧渚紫筍茶茶苑摠錄叚謝因禪師荼云忽惠荊州紫筍茶一

擢筍本貴含膏牙方珎搗草牛羊煩訶叱毛詩方苞

莒未敢睨毛詩于以采藻于以行潦于以盛之

髮日夜逝白樂天夢仙詩齒髮

喬

為根不

孝文時
或長子

使援擘水取

多如拾諸途破

蔌禮記內則羞之以華藻一飽

孫叔敖甘寢秉羽而郢人投韓退之鄭羣贈簟詩倒身甘寢

異獺與狙人間行路難杜子美將赴草堂詩

人間路難踏地出賦租不如魚蠻子駕浪

空虛空虛未可知會當筭舟車漢武帝紀元光

年初筭商車李奇曰始稅商賈舟船令

筭食貨志船有筭商者少物貴又異時

車賈人

皆有差

蠶子叩頭泣漢趙廣漢傳二人開戶出下堂

桑大夫漢食貨志歲旱上令百官求雨卜式曰縣官當食租

桑弘羊令吏坐列販物求利弘羊後爲御史大夫揚子

用足盡榷諸曰譬諸

縱利如子何卜式之

介不羣

城主簿

演甫以書

也

為笑垂頭老鸛雀唐裴

長鸛雀煙雨靈七竅莊子應帝王儵與忽

日人有七竅以視聽獨無有嘗試鑿之弊衣来過我

范睢傳魏使須賈扵秦睢微行敝衣閒步之邸見賈危坐若持

漢東方朔傳捎鷰去几危坐而聽褚裒半面新庾亮正旦大會

州里人士褚裒問孟嘉何在亮曰在坐卿
自覓裒指嘉曰此君小異將無是乎亮欣
喜裒得嘉奇裒所得
鬷蔑一語妙左傳昭公二十八年叔向
蔑惡欲觀叔向從使之收器者而堂下一言而善叔向聞之曰必鬷
手
徐徐步眞瀾極望不可徼
妙常有小道也
却觀元嫵媚
擧
士固難輕料
多遺忘得
要漢司馬遷

莫識巳

子譙漢高祖紀

次其韻

唐書杜審言傳甚為造物小兒相苦新書云造化小兒

電笑莊子齊物論大塊噫氣其名為風東方朔神異經東王父玉女投壺設有不接者天為之笑笑電光也續仙傳搜神記並云

誰

妄驚怪失匕號萬竅三國志蜀先主傳方食失匕箸華陽

國志云于時正當雷震備因謂曹操曰聖
人云迅雷風烈必變良有以也一震之威
乃至於此莊子齊物
作則萬竅怒號人人走江湖一一操
縱連六鼇便為此手妙列子湯問篇龍伯之
舉足不盈數步而
一釣而連六鼇空令任公子
外物篇任公子為大鈎
犗以為餌蹲乎會
詞
漢陳平傳
豈有美如
榮曰所欠
為志諸葛
史記龜
策傳能

尚少嗟

無救漢司馬遷

奇志後必耀志左傳莊公二十二其少也陳侯使周史筮曰是謂觀國之光此其代陳此其身在其子孫光遠而自他

君五字詩義重千金弔收藏慎勿

使羣兒譙韓退之詩不知羣兒愚何用故謗傷

先生詩卷第十九